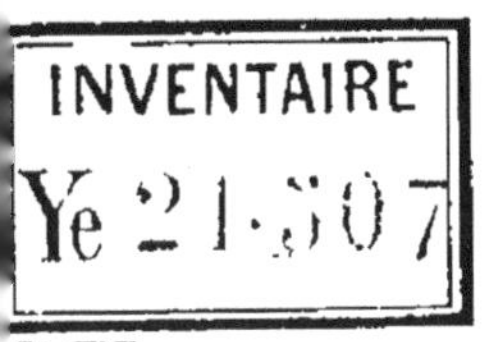

AMÉLIE ERNST

RIMES FRANÇAISES

D'UNE ALSACIENNE

(ANCIENNES ET NOUVELLES)

CONTENANT

La Mort du dernier Maire français de Strasbourg
Scènes d'ambulances en Suisse
L'Option d'un Centenaire — Un Évêque français
Le Vergiss mein nicht — L'Aimez-moi — Un Baptême alsacien
Aux enfants de Gayant — Une Carmélite lorraine
A Arthur de Boissieu — A Belfort
La Crypte de Bazeilles

DEUXIÈME ÉDITION

Prix : **1** *franc*

PARIS	GENÈVE
LIBRAIRIE	LIBRAIRIE
DES BIBLIOPHILES	DE J. SANDOZ
Rue Saint-Honoré, 338	Rue du Rhône, 13

M DCCC LXXX

AMÉLIE ERNST

RIMES FRANÇAISES

D'UNE ALSACIENNE

(ANCIENNES ET NOUVELLES)

CONTENANT

La Mort du dernier Maire français de Strasbourg
Scènes d'ambulances en Suisse
L'Option d'un Centenaire — Un Évêque français
Le Vergiss mein nicht — L'Aimez-moi — Un Baptême alsacien
Aux enfants de Gayant — Une Carmélite lorraine
A Arthur de Boissieu — A Belfort
La Crypte de Bazeilles

DEUXIÈME ÉDITION

PARIS
LIBRAIRIE
DES BIBLIOPHILES
Rue Saint-Honoré, 338

GENÈVE
LIBRAIRIE
DE J. SANDOZ
Rue du Rhône, 13

MDCCCLXXX

PARIS

IMPRIMERIE D. JOUAUST

RUE SAINT-HONORÉ, 338

A MA MÈRE

Mère, tu l'as voulu. Que ce livre se fasse !
Des tristes souvenirs qu'il conserve la trace !
Ton cœur d'Alsacienne a vibré dans ces vers.
Jusqu'au dernier soupir de douleurs poursuivie,
Ce cœur, usé pour nous dans ta pénible vie,
Soudain cessa de battre après nos durs revers !

Avec toi j'ai perdu le courage de vivre.
Au delà, près de lui, que ne puis-je te suivre !
Que mon ange éploré tourne enfin son flambeau !
Aussi bien mon ardeur est pour jamais éteinte.
Ma voix n'a plus de chants, monotone est sa plainte,
Et ces vers sont mes pleurs sur ton humble tombeau !

4 septembre 1872.

LA MORT DE KUSS

LE DERNIER MAIRE FRANÇAIS DE STRASBOURG

Que vouliez-vous qu'il fît?... Qu'il mourût.

Corneille.

I

Pour bien dire la mort de notre dernier Maire,
Il faudrait la muse aux grands pleurs
Du poète immortel, notre moderne Homère,
Son pinceau large, ses couleurs.
Il se tait... Que du moins ma voix alsacienne
S'élève... Elle est française encor!

II

Ce récit est d'hier, mais dans l'histoire ancienne
On eût fait cas de cette mort.
Je ne sais rien de lui que sa fin si cruelle :
Le traité de paix l'a tué.

Quand il quitta, Strasbourg, ta vieille citadelle
Où le Prussien s'était rué,
La fatigue, la honte, avec la maladie,
Déjà rendaient son pas tremblant;
Mais jusqu'au bout il suit ta sombre tragédie,
Et des bords de ce Rhin sanglant
Jusques à la Gironde il va pour te défendre.
Martyre et stoïque cité!
Hélas! tes envoyés, voulait-on les entendre?
Honteux et douloureux traité!
L'Alsace fut livrée, et ce peuple héroïque
Par ses pairs fut mis à néant!
En vain il avait donc fait une guerre épique,
Lutté tout seul comme un géant,
Et ton maire, ô Strasbourg, en vain, dans cette enceinte
Où ces rois allaient décider,
Était là, leur disant de sa voix presque éteinte :
« Vous n'oserez pas nous céder! »
Peut-être a-t-il pensé le mot de félonie,
Quand leur front morne eut dit ton sort.
Il part. « Je vais finir chez moi mon agonie,
Ma vie a perdu tout ressort. »
Et quand on vint criant : « L'Alsace n'est plus France!
A ce prix on signe la paix! »

Il est mort de douleur! Après tant de souffrance,
Patrie, au cœur tu le frappais!

III

Il mourut comme eût fait Horace,
Car il était de cette race
D'obscurs héros cornéliens,
Tes fidèles Alsaciens,
O mère, ô France trop chérie,
Toujours encor notre patrie!

Au contraire de ce guerrier
Qu'on vit brandissant un laurier
A Marathon, ivre de gloire,
Mourir en s'écriant : « Victoire ! »
Il mourut, lui, comme un vaincu;
L'Alsace morte... il a vécu!

IV

Pour ce peuple opprimé qui lui fit une escorte,
L'âme de la patrie avec lui semblait morte,
S'enfermant, elle aussi, dans le muet tombeau,
Laissant un noir Génie éteindre son flambeau.

En elle il n'avait plus de foi, plus d'espérance,
Et ce convoi semblait le convoi de la France!

Tout Strasbourg en pleurant a suivi ce cercueil,
Déployant au grand jour ses bannières de deuil.
Puis, après les discours, les oraisons funèbres :
« Vainqueurs! dit une voix, du fond de ces ténèbres
Le meilleur d'entre nous brave tous vos succès :
Il a cessé de vivre en n'étant plus Français ! »

ENVOI

Au statuaire Guillaume, directeur de l'École des beaux-arts.

Maître, en vous envoyant ces quelques pauvres vers,
J'ajoute encore le vœu qu'en ce calme univers
Dont vous êtes la loi, l'autorité bénie,
Où vos yeux vigilants préparent l'avenir,
Dans la paix des beaux-arts, la gloire et le génie,
Qu'en ce monde idéal, un pieux souvenir,
Par vos mains s'élevant sous la spatule austère,
Console en sa douleur mon Alsace si chère!

4 septembre 1871.

SCÈNES D'AMBULANCES EN SUISSE

A BERNE ET AU LOCLE

Hélas! que j'en ai vus mourir en leurs beaux jours!
Ces regards s'éteignant me poursuivront toujours.

C'était en Suisse, au temps des mornes ambulances.
Là, tout un peuple en paix s'est ému des souffrances
De nos pauvres soldats sur la paille étendus.
D'infatigables bras étaient vers eux tendus;
Mais comment secourir une telle misère?
Qui pouvait amener ou l'épouse ou la mère,
Ou la sœur, ou l'amie évoquée en pleurant?
Que dire à ce jeune homme en sa fleur expirant?
Ah! la famille au loin, non, rien ne la remplace :
Pour l'un vite on écrit, et cet autre on l'embrasse;
On tâche à lui donner un espoir qu'on n'a plus.
L'ennemi qui l'étreint est fatal : le typhus,
Ce monstre aussi triomphe, et votre œuvre, il l'achève,
Conquérants inhumains! Là, sans merci, sans trêve,
Comme un vautour féroce il plane, et, d'un seul bond,
Sur ces grabats s'élance et sur sa proie il fond.

De l'un à l'autre il va, de salle en salle il vole.
Bientôt le moribond n'entend plus la parole ;
Consumé par la fièvre, il s'éteint. Ah ! douleurs !
Ah ! patrie ! ah ! pour toi quels deuils cruels, quels pleurs !
Quels sacrifices vains ! Quoi ! mourir sans combattre !
Comme un vol de corbeaux sur le Jura s'abattre !
Dans la neige et le gel sans souliers et sans pain !
Être vaincus, honteux, et dire encor : « J'ai faim ! »
Mendier la pitié, puis recevoir l'aumône,
Dure à tout malheureux, quelque main qui la donne,
C'est affreux ! C'est la guerre et le crime des rois !
Que n'ai-je pu plonger en leurs cœurs ces effrois,
Leur montrer ces blessés avec leurs faces pâles,
Et leur faire écouter ces sanglots et ces râles ;
Tout cet air infecté, le leur faire aspirer,
Dans ce cercle enfiévré tremblants les enserrer !
A l'ambulance, oui, c'est là qu'ils devraient être :
Plus qu'aux champs de bataille ils frémiraient peut-être.
Moi, je l'ai contemplé, ce spectacle, et l'horreur
De ce massacre impie est figée en mon cœur.

Qui la fera jamais, votre épopée, ô drames
Dont j'ai vu dérouler les trop sanglantes trames?

Ce père et cette mère, ah ! je les vois encor,

Pour découvrir leur fils multipliant l'effort,
Navrés, mornes, hagards, depuis huit jours dans Berne
Allant de lit en lit, regardant d'un œil terne.
Ces deux ombres passaient : ce n'était jamais lui!
Tout à coup, quel éclair dans leur regard a lui !
Leur fils est retrouvé! Voici son ambulance.
Le docteur lut son nom, il en a souvenance.
Et la mère criait : « Enfin, c'est donc ici!
« Mon enfant, entends-nous! mon enfant, nous voici!
« Ah! voyez-vous, docteur, c'est le seul, c'est l'idole! »
Et la joie à ce front mettait son auréole.
« Allez en haut, dit-il, et demandez son lit. »
Ils montent palpitants! Mais l'infirmier pâlit.
« Votre fils? Pauvres gens, le voilà qu'on emporte :
« Là-bas, parmi ces morts que l'aumônier escorte,
« Allez le reconnaître et le prendre avec vous.
« — Mon Dieu! Sans nous revoir mourir si près de nous! »
Sanglotait le vieillard. La mère était muette.
« Au même trou, dit-il, viens, tous trois qu'on nous jette! »
Sur ce sombre escalier suivant leur enfant mort,
Aux murs brisant leurs fronts, ah! je les vois encor!

D'autres, jusqu'à la lie épuisant l'infortune,
Ont fouillé tout au fond de la fosse commune

Pour ressaisir aussi leur fils, leur bien-aimé,
Et serrer dans leurs bras un corps inanimé!

Plus loin, c'était la sœur[1] voulant trouver son frère :
De Nancy jusqu'en Suisse elle cherche, elle espère,
Et, d'hospice en hospice, elle arrive au Jura.
Le typhus seul l'attend... et seule elle expira.
Pauvre fille! elle était toute frêle et charmante,
Elle semblait plutôt qu'une sœur une amante.
J'appris pourtant plus tard qu'un tout jeune amputé
Était venu là-haut, qu'il s'était arrêté,
Demandant cette sœur dont il suivait la trace...
Et sa tombe était là sous la neige et la glace!
« Je saurai te venger, dit-il, je suis Lorrain!
« Prussiens, je n'ai qu'un bras, mais il sera d'airain.»

. . . .

Ah! s'ils prennent un peuple, ils n'en prennent point l'âme.
Elle échappe à leur rapt, à leur viol infâme.
Ils font des prisonniers et non des citoyens!
A l'ambulance étaient de bons Alsaciens,
Ils parlaient avec moi la langue d'Allemagne,
Le français n'étant point d'usage en leur campagne :
Ces rudes paysans trouvent son chant trop doux.

1. Mlle Marie-Edmée Pau.

Mais les braves soldats, ils succombaient pour nous,
De l'Alsace, en mourant, rêvant la délivrance,
Et dans leur allemand disaient : « Vive la France! »

AUTRE SCÈNE D'AMBULANCE

EN JANVIER 1871

Le Journal de Genève. — On nous écrit du Doubs :
« Non loin d'Hérimoncourt ont eu lieu des batailles.
Deux Saxons, un Français, sont envoyés chez nous;
Tous les trois sont tombés sous les mêmes murailles;
Ils sont blessés à mort, et, pour mieux les soigner,
Dans la même ambulance il les a fallu mettre.
Hélas! aucun des trois ne peut s'en indigner,
Ils sont trop mutilés pour ne pas se soumettre.
Cependant le Français a l'œil brillant d'ardeur,
C'est un jeune zouave aimé des camarades.
Ils sont venus tantôt. — Ces hommes ont du cœur;
Ils se sont cotisés sans souci des rasades,
Du tabac, du café. Leurs sous ont fait six francs;
Pour de pauvres soldats, des sous, ce sont des sommes!
Et, voyant les Prussiens confondus dans nos rangs,

Ils ont dit : « Partagez l'argent avec ces hommes;
Nous ne les voyons plus comme des ennemis,
Ces malheureux pour nous sont à présent des frères.
Dans quel piteux état notre feu les a mis!
Distribuer ceci, quoique ce ne soit guères,
En trois égales parts, c'est pour nous le devoir.
Tant que nous le pourrons, nous leur ferons visite.
Allemands, comptez-y, nous reviendrons vous voir. »
Nous signalons le fait parce qu'il le mérite. »

. . . .

Voilà donc, ai-je dit en lisant ce journal,
Ces hommes hier encor luttant l'un contre l'autre,
Pour qui? pour quel motif? quel fut leur tribunal?
Quoi! faut-il donc toujours qu'en la guerre on se vautre
Pour un caprice, un rien, souvent un quiproquo,
On s'élance aux remparts, on s'enflamme de haine,
L'un arbore son casque et l'autre son shako,
Et puis des deux côtés un peuple se déchaîne.
Mais alors que des flots de sang sont épanchés,
Maudissant les décrets de ces affreuses guerres,
Les blessés sur le flanc pêle-mêle couchés,
Allemands ou Français, redeviennent tous frères.

L'OPTION DU CENTENAIRE

Quel émoi dans l'Alsace !
Hommes, femmes, enfants,
Des Prussiens triomphants
Vont renier la race.

Les plus lointains hameaux
Comme pour une fête
Marchent, ayant en tête
Fifres et chalumeaux.

Ce papier qu'on emporte
Dans ce joyeux essor,
C'est la patrie encor ;
Par lui l'âme est plus forte.

Ce bon peuple immolé
Chante son espérance
Et, votant pour la France,
Se sent moins exilé.

Il va! C'est l'avalanche.
Les bras sont enlacés;
Pour nous ses flots pressés,
C'est déjà la revanche!

Un vieillard marche aussi;
Il touche à la centaine.
Pas à pas il se traîne,
Et pourtant le voici!

Il chancelle, il succombe;
Pauvre homme! il n'est plus fort.
Ah! pour lui quel effort
Sur le seuil de la tombe!

Sa chaumière est bien haut,
Mais il a su descendre.
Siècle, il ne peut attendre,
Et voter, — il le faut.

Un Badois de sourire
En le voyant trembler :
« Vieux, mais tu vas râler :
Pourquoi veux-tu t'inscrire?

— C'est pour mourir Français ! »
Et pour la France il opte.
Mère, un vieux fils t'adopte,
Toi qui le délaissais.

Malgré le poids de l'âge,
Pour te narguer, Prussien,
En brave Alsacien
Il a fait ce voyage.

Il signe et s'en revient.
Mais la chaleur l'accable,
Sur son bâton d'érable
A peine il se soutient...

Il fléchit... il s'affaisse...
On le relève mort !
Oui, trop grand fut l'effort,
Trop grande la faiblesse !

Ce chêne foudroyé,
Dont se figeait la sève,
Sous le choc qui l'achève
Du moins n'a pas ployé.

Jusqu'au bout bravant l'aigle
De l'Allemand vainqueur,
Sa main tient ferme au cœur
Son passeport en règle !

Août 1872.

UN ÉVÊQUE FRANÇAIS

Oui contre l'Allemand, contre l'âpre cohorte
Que la victoire escorte
Aux champs des trahisons plus qu'aux champs de l'honneur,
Nous sentons sourdre en nous la virile fureur.
Oui, ce Français hier si léger, si paisible,
Demain sera terrible.

On voit germer la haine aux cœurs les plus chrétiens.
Tenez, je me souviens
Que l'autre jour encor je disais Lamartine
Et cette *Marseillaise* où sa muse divine,
Plus haut que les humains planant en liberté,
Dans un chant fraternel nous crie : — « Humanité ! »

Un évêque était là, qu'on aime, qu'on révère ;
Son œil devint sévère.
Puis, le blâme hautain plissa son large front.

« Quoi! me dit-il après, oubliant notre affront,
Nous pourrions, amollis par la voix du poète,
Vaincus, baisser la tête?

Non! sa morale est fausse et son accent menteur!
Ce souffle corrupteur,
Après avoir détruit le saint mot de patrie,
Continuant son œuvre en notre âme flétrie,
Détruirait la famille, et sa fraternité
Anéantirait tout, jusqu'à notre fierté!

— Mais, hasardai-je, ô vous, prêtre de l'Évangile,
Par delà notre argile,
Ne le croyez-vous point, meurent les factions?
Dans l'amour infini, les sombres nations,
Ne trouvant plus de borne en l'immuable espace,
Là-haut se feront grâce?

— Non! reprit-il encor d'un ton mâle, indigné,
La France a trop saigné,
Et je veux espérer, dans ma douleur altière,
Pour l'éternité même une immense frontière.
Chacun de nous, Français, Lorrain, Alsacien,
En plein ciel frémirait au contact d'un Prussien! »

LE N'OUBLIEZ PAS

(VERGISS MEIN NICHT)

MES PREMIERS VERS MIS EN MUSIQUE EN 1850

Petite fleur à la frêle corolle,
Ce gai matin éclose sous mes pas,
Ton bleu si doux de constance est symbole.
Sur cette terre où tout passe et s'envole,
O pâle fleur ! tu dis : « N'oubliez pas ! »

Si je partais pour un lointain voyage,
Et qu'un ami, de m'attendre bien las,
Revînt errer près de ce cher rivage,
Tu parlerais dans ton vivant langage,
Tu lui dirais, ma fleur : « N'oubliez pas ! »

Mais non, c'est moi qui reste solitaire,
Et sur ces bords tu me vois triste, hélas !
Fleur bien-aimée, arrache-toi de terre,
Livre ta feuille à la brise légère,
Vole à son cœur, dis-lui : « N'oubliez pas ! »

. . . .

Quand je redis ce chant de mon enfance,
L'écho répond par un funèbre glas :
De la Lorraine et d'Alsace il s'élance !
Vergiss mein nicht, jusqu'au jour de vengeance
Sois notre emblème et dis : « N'OUBLIEZ PAS ! »

1872.

L'AIMEZ-MOI

A UNE DAME LYONNAISE

Madame, en me donnant hier la fleur vivace
Du bleu myosotis qui croît en notre Alsace,
Vous m'avez dit d'un ton gracieux et bien doux :
« *Aimez-moi!* c'est le nom de la fleur parmi nous. »

A vos cœurs désormais puisse-t-il, cet emblème,
Dire : « *N'oubliez pas* que là-bas, morne et blême,
Votre pays subit une exécrable loi. »
Mais que la fleur d'azur, vous parlant de moi-même,
Garde son nom suave et vous dise : *Aimez-moi!*

Lyon, 1872.

AUX ENFANTS DE GAYANT

LE 21 JUILLET 1877

POUR LA FÊTE DE DOUAI

ET LA CAVALCADE REPRÉSENTANT L'ENTRÉE DE LOUIS XIV

Pauvre fille d'Alsace en ces lieux arrêtée,
Par vos fêtes du Nord les yeux tout éblouis,
Malgré moi je soupire et je dis attristée :
« Ne verrai-je donc plus de fête en mon pays? »

Ici près, je l'ai vue, une pâle mouette,
Loin de son lac d'azur, sur l'aile des grands vents
Emportée au hasard, vint échouer, pauvrette!
Dans un riant jardin couvert d'arbres mouvants.

Les fleurs germent en vain sous son pas solitaire :
Que lui font leurs parfums, leurs formes, leurs couleurs?
Plaintive, elle s'agite au-dessus de la terre
Et cherche à s'envoler, car son nid est ailleurs.

Elle veut son rivage aux bruits profonds et vagues,
Des tremblants alcyons le vol tourbillonnant,
Leurs petits cris joyeux en sillonnant les vagues
Que leur essaim léger effleure en frissonnant.

Son cri morne et plaintif, comme elle je le crie;
Je le comprends si bien, c'est l'écho de ma voix!
Un ouragan aussi m'enlève à ma patrie,
Et partout je la pleure et partout je la vois!

Elle est captive, en deuil; pour elle plus de fêtes!
Ah! ne l'oubliez pas dans les vôtres, Flamands!
Songez à vos deux sœurs courbant leurs belles têtes
Sous l'implacable joug des soldats allemands!

Louis quatorze un jour aussi vint en Alsace.
Qui pourrait le fêter là-bas, ce souvenir?
Mais dans nos cœurs du moins il sait garder sa place;
Rien ne l'en chassera, quel que soit l'avenir.

Moi, comme la mouette en ces lieux arrêtée,
Par vos fêtes du Nord les yeux tout éblouis,
Je songe à mon Alsace et m'écrie attristée :
« Je ne vous verrai plus, fêtes de mon pays! »

UNE CARMÉLITE LORRAINE[1]

HISTORIQUE

Après tant de vaillants morts pour notre pays,
Faut-il une victime encore à l'hécatombe ?
Qu'une vierge, au Carmel, agonise et succombe ?
Française, ton bras sûr ne nous a point trahis.

Sur ces brigands du Nord, qui nous ont envahis,
Ton crime glorieux, héroïne, retombe.
Pourquoi t'ensevelir vivante en cette tombe?
Pourquoi te punis-tu de les avoir haïs ?

Un d'entre eux, un des chefs, sur ta blancheur de neige
Osa porter sa main brutale et sacrilège !
Mais l'acier d'un couteau comme un éclair a lui,

Glaive saint de l'honneur et de la délivrance !
Et la vierge vengée, en te vengeant, ô France !
Après l'avoir tué, va prier Dieu pour lui.

1. Mlle de La Tour-Saint-Léon.

UN BAPTÊME ALSACIEN

HISTORIQUE

Comme une plante éclose au-dessus d'un cercueil,
Et dont la frêle tige annonce un bel arbuste,
Hier, une enfant blonde, en notre Alsace en deuil,
Naquit pleine de vie et de grâce robuste.

Mais quand, doux et riant, elle entr'ouvre son œil,
Dans la patrie en proie à sa douleur auguste,
D'arrogants Allemands vont la marquer au seuil,
N'est-elle point bétail de leur maître? C'est juste;

C'est leur droit! Et le père, en dévorant l'affront,
Leur déclare l'enfant. — Quand, relevant le front,
Il répond, inspiré par son âpre souffrance,

Aux sbires demandant quel nom ils inscriront:
« Je lui donne le nom béni de l'Espérance;
Inscrivez-le, Prussiens : elle s'appelle France! »

A ARTHUR DE BOISSIEU

EN APPRENANT SA MORT

Il ne fut qu'un passant, il l'a prédit lui-même.
Hier esprit brillant, aujourd'hui forme blême,
De la vie à longs pas abrégeant le parcours,
Nous l'avons vu passer trop vite et pour toujours.

Mais sa trace est marquée en ce hardi poème
Qui jetait sur l'Empire en riant l'anathème,
Car son vers fut viril dans ses légers contours.
Hier, ce patriote à nos cruels vautours

Lançait encor ce trait de sa prose incisive :
« Quand chez Gontaut-Biron la musique captive
La cour et tout Berlin sous son charme puissant,

Le silence est si grand que, jusqu'aux vestibules,
On entendrait voler, — nous dit-il, — les pendules. »
C'est ta flèche de Parthe, ô rapide passant !

SONNET A BELFORT

POUR MA SÉANCE DE L'HOTEL DE VILLE

Dans la salle qui servait d'ambulance pendant la guerre.

Salut, dernier rempart de la mère patrie!
Salut, cher monument de tes fils endormis!
Salut, forts glorieux dont la voix d'airain crie
A l'écho frémissant : « Rien ne nous a soumis! »

Salut, fière cité ravagée et meurtrie,
Mais du moins arrachée aux mains des ennemis!
Salut, murs délabrés! à mon âme attendrie
Vous dites les effrois qu'ici l'on a subis.

Ne les réparez point; qu'ils en gardent l'empreinte,
Laissez béants ces trous creusés par les obus
Qui tuaient les mourants dans l'ambulance sainte;

Laissez-les tels qu'ils sont jusqu'aux jours attendus
Où la France, ô Belfort! se dressant libre, altière,
Par delà tes remparts reprendra sa frontière!

Belfort, le 11 janvier 1879.

LA CRYPTE DE BAZEILLES

Quiconque ose douter, Français, de ta vertu,
O Bazeilles, dis-lui comment on s'est battu !
Ruines, vous parlez ! tu parles, cimetière
Où gît toute une armée en ta crypte de pierre !

Reliquaire sacré ! Qu'avec respect l'on voie
Tous les fronts s'incliner au seuil de cette voie,
Où le vent qui s'engouffre en troublant leur repos
De ces mâles guerriers entre-choque les os.

Amis ! frères ! broyés dans la lutte farouche,
En débris alignés sur cette froide couche,
Dormez-vous bien en paix avec ces ennemis
Dont les durs ossements près des vôtres sont mis ?

Car ce sépulcre fait d'une voûte profonde
Sépare en ses caveaux, que l'œil effrayé sonde,
D'un et d'autre côté, Français et Bavarois,
Et les abrite tous sous une même croix.

Mais pourquoi, profanant en ce lieu votre gloire,
Vient-on d'un monument exalter leur mémoire?
Pourquoi de ce parvis en obstruer l'accès
Et l'ériger si près de vous, martyrs français?

N'était-ce pas assez de recueillir leur cendre?
Quel autre hommage encor avions-nous à leur rendre,
A ces hordes du Nord, sans pitié, sans merci?
Qui donc ose élever un monument ici?

Je pénètre en tremblant dans ce vaste ossuaire...
Trois mille morts sont là, sans cercueil, sans suaire,
Des torses mutilés en monceaux entassés,
Des crânes en plein front par les balles percés!

Côte à côte couchés en leur entière forme,
Les uns comme embaumés dans leur raide uniforme,
Dont un pâle calcaire a fixé chaque pli,
Dorment du fier sommeil du devoir accompli.

Une tête sans corps, effrayante, féroce,
Saisissante d'horreur et de douleur atroce,
Livide, affreuse, grince, et semble encor mouvoir
Sa bouche énorme! Elle est épouvantable à voir!

Hélas ! parlant d'amour dans cet antre de haine,
Voici, couvert de fleurs, un jeune capitaine,
Et plus loin un long bras qu'allonge encor sa main
S'étend près d'un tronçon qui n'a plus rien d'humain.

Son index replié semble viser dans l'ombre
Quelqu'un, là... vis-à-vis, dans l'autre caveau sombre.
Frissonnante de peur, j'aurais voulu crier,
Car je suis femme et lâche... Au moins sais-je prier :

Seigneur, exterminez notre fléau, la guerre ;
Ne gorgez plus de sang l'insatiable terre ;
Que l'amour, la justice et le droit, l'équité,
De ces fureurs enfin purgent l'humanité !

Et vous, héros ! dormez dans ces saintes murailles,
Avec ces Allemands fauchés dans vos batailles.
Lorsque tout notre orgueil, à nous, est confondu,
O preux ! votre honneur seul n'a pas été perdu.

Vous n'avez pas vécu ce jour de la défaite
Et comme nous, vivants, dû courber votre tête.
Si vous êtes tombés, soldats frappés au cœur,
Du moins votre ennemi n'est pas votre vainqueur !

Sedan, 1879.

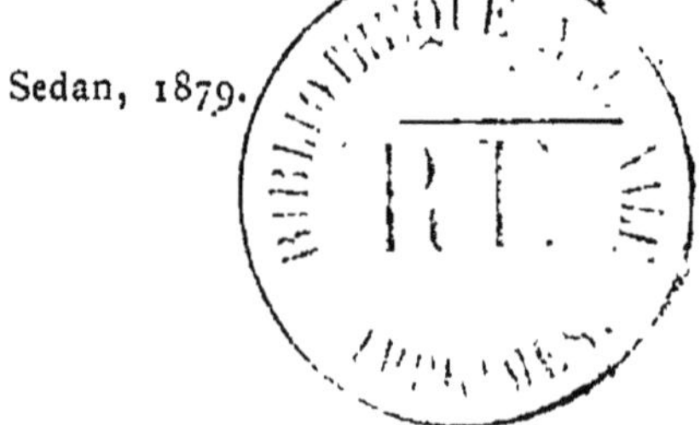

Dans le même format :

COLLECTION POÉTIQUE

Poésies de Gustave Vinot : Poèmes et Poésies . . . . 3 fr.
Dona Juana, poème dram. . 2 fr.
Les Neveux du Pape . . . 3 50
Poésies d'Élie Cabrol : La Première Absence, 12 *eaux-fortes*. . . 12 fr.
Comédies, 3 *eaux-fortes* . . . 6 fr.
Etienne Marcel, drame 3 50
Épaves de jeunesse, par C. Ducroq. 2 fr.
Mélodies intimes, par L. Paté. . 2 fr.
Aspirations et Réalités, par F. Maulmond . . . . 3 fr.
Premières Poésies, par P. Milliet. 3 50
Les Petits Ours, par E. Rochard. 3 50
Le Médaillon, par L. Duvauchel. 3 fr.
Légendes bouddhiques, par E. Thiaudière. . . . . 1 fr.
Les Illusions, par Em. Favin . . 3 fr.
Feuilles mortes, par A. Miral . . 2 fr.
Rhapsodies mirifiques . . . . . 3 fr.
L'Ombre de la Mort, par Mme Rattazzi 3 50
Rayons jaunes, par O'Saül . . . 2 50
A Molière, par L. Paté . . . . . » 75
Les Libellules, par P. Marius. . 2 fr.
Amadis, par le comte de Gobineau. 3 50
Fantaisies d'Orient, par le comte de Perrochel . . . . 3 fr.
Rimes de cape et d'épée, par Ogier d'Ivry . . . . 3 fr.
Feuilles du cœur, par Della Rocca. 3 50
Un Mariage sous la Terreur, par Yrtal. . . . . 3 fr.
Poèmes contemporains, par Désyr Ravon. 3 50
Dieu et Patrie, par Marc Bonnefoy. 3 fr.
Myrtes et Cyprès, par G. Eekhoud 3 50
Zigzags poétiques, par G. Eekhoud. . . . . 3 fr.
Les Pittoresques, par G. Eekhoud. Pap. vergé, 6 *eaux-fortes* . . 5 fr.
Lacrymæ rerum, par L. Paté . . 2 fr.
La Fanfare du cœur, par L. Solvay 2 50
Marcelle, par M. Duseig. 4 *eaux-fortes* 3 50
Poèmes dramatiques, par A. Mauroy. 2 *eaux-fortes* 2 50
L'Humanité, par A. Le Dain. . 3 50
Au temps des feuilles, par P. de Ponsevrez 2 50
Pousses et Bourgeons, par G. Nazim . . . . 3 fr.
Idylles françaises, par E. Dochez. 3 fr.
Gallo-Franques, par Jean Larcher. 2 fr.
Fleurs aimées, par E. Ameline. 3 fr.
Dans le Bleu, par le comte de Perrochel. . . . . 3 fr.
Vibrations, par Louis Vébé . . 3 50
Vertiges, par Louis Vébé. . . . 2 50
Roses et Cyprès, par Sara Berthet. . . . . 2 fr.
Muse et Musette, par D. L. M. 3 50
Les Oiseaux sauvages, par Désyr Ravon 3 50
La Poésie des Bêtes, par Fabié. . 2 50
Nouvelles Géorgiques, par J. Durandeau 3 50
Péchés de jeunesse, par Eugène Hubert 2 50
Les Chants du réveil, par Pierre Mieusset. 2 50
Souvenirs et Récréations, par E. Héritte 3 50
Les Chevaleresques, par A. de Cazanove 3 50
Élégies chrétiennes, par Ph. de Toulza. 2 50
Amours brisées, par E. Ameline. 3 fr.

THÉATRE

La Belle Paule, 1 acte en vers, par L. Denayrouze. 1 50
La Part du Roi, 1 acte en vers, par C. Mendès. . . . . 2 »
Le Péché véniel, 1 acte en vers, par Alb. Millaud. 1 50
Le Mariage d'Alceste, 1 acte en vers, par Ch. Joliet. . . . . 1 fr.
La Critique de *la Visite de Noces*, par H. de Lapommeraye, 1 acte en prose . . . . 1 fr.
Un Divorce, d'Ennès, trad. du portugais par Mme Rattazzi. . . . 1 fr.
Le Glaive runique, drame lyrique, par Léouzon Le Duc (200 exemplaires). . . . . 5 fr.

7408 — Paris, imp. Jouaust, rue Saint-Honoré, 338.

www.ingramcontent.com/pod-product-compliance
Ingram Content Group UK Ltd.
Pitfield, Milton Keynes, MK11 3LW, UK
UKHW012121240726
13965UKWH00005B/1895

9 782013 281805